AF314291

DE L'INFLUENCE

DES ÉVÉNEMENS POLITIQUES

SUR LA LITTÉRATURE,

DEPUIS 1789.

PAR J. B. PÉRENNÈS,

PROFESSEUR A BESANÇON.

Scribendi recte sapere est et principium et fons.

PARIS,

CHARLES-BÉCHET, QUAI DES AUGUSTINS, N.os 57 et 69

BESANÇON,

OUTHENIN CHALANDRE FILS, GRANDE-RUE.

1828.

DE L'INFLUENCE

DES ÉVÉNEMENS POLITIQUES

SUR LA LITTÉRATURE,

DEPUIS 1789.

PAR J. B. PÉRENNÈS,

PROFESSEUR À BESANÇON.

Scribendi recte sapere est et principium et fons.

PARIS,

CHARLES-BÉCHET, QUAI DES AUGUSTINS, N.ᵒˢ 57 ET 59.

BESANÇON,

OUTHENIN CHALANDRE FILS, GRAND'RUE.

1828.

Z

57371

Ce n'est point ici un tableau de la littérature contemporaine, exécuté sur le modèle donné par M. J. Chénier; il ne faut donc pas y chercher l'indication de toutes les notabilités littéraires de l'époque. Le but de l'auteur ayant été de signaler l'influence que la politique a exercée sur la iv

littérature depuis le commencement de la
révolution, il lui a suffi de caractériser par
quelques noms illustres le mouvement in-
tellectuel, correspondant aux divers changemens survenus dans la forme et l'esprit
du gouvernement. Il a effleuré de hautes
questions littéraires, laissant à de plus
habiles le soin de les approfondir comme
elles le méritent. Il n'a prétendu faire
qu'un discours, dont le sujet avait été
proposé par l'académie de Besançon. L'in-
dulgent suffrage de cette compagnie l'a
plus que dédommagé d'un faible travail.

DE L'INFLUENCE

DES ÉVÉNEMENS POLITIQUES

SUR LA LITTÉRATURE,

DEPUIS 1789.

Lorsqu'on étudie la littérature d'un peuple dans ses différentes phases, on est frappé des rapports intimes qui lient ses destinées à celles de la société tout entière. Miroir fidèle du génie national, expression toujours vraie de la pensée publique, elle se trouve par sa nature même inévitablement soumise aux variations de l'ordre social. Inculte et naïve dans l'enfance des peuples, élégante et polie au milieu d'une civilisation avancée, sérieuse chez un peuple grave, frivole chez une nation légère, elle s'avilit sous la tyrannie, s'élève avec le génie de la liberté ; enfin elle exprime, par ses variétés et ses contradictions même, ce flux et ce reflux d'opinions qui agitent le domaine de la pensée. C'est sans doute un travail plein d'intérêt que d'étudier l'état de la littérature aux diverses époques de l'histoire d'une nation. Mais combien cette étude ne devient-elle pas plus importante, lorsqu'on se transporte à ces temps de crise et d'agitation, où la société ébranlée dans ses fondemens, et cédant à des mouvemens confus et tumultueux, semble échapper à tous les calculs comme à toutes les lois. N'est-il pas curieux d'étudier les formes de la pensée humaine dans ces momens où les hommes arrachés à toutes leurs habitudes, et transportés à l'improviste au milieu d'événemens inouïs, se montrent sous des aspects nouveaux ; de suivre l'anarchie passant de la politique dans la littérature, brisant le frein des règles, confondant tous les genres et inspirant de monstrueuses productions, jusqu'à ce qu'enfin, tout ce mouvement venant à s'apaiser, on voie du milieu du désordre surgir une littérature nouvelle, brillante de vigueur et de jeunesse, comme on voit sortir de la confusion sociale un ordre politique plein de force et de stabilité.

Tel est le spectacle que nous présente la révolution française. Nous y voyons les lettres, fidèles à la pensée publique, s'animer d'abord par l'impulsion du mouvement national, s'affaiblir bientôt et disparaître à demi étouffées sous les débris sanglans du trône et des lois ; puis enfin, relevant leur tête abattue, renaître avec l'ordre politique, et, dépouillant ce qu'elles ont de suranné, se rajeunir comme le gouvernement lui-même, et se revêtir de formes plus libres et plus hardies.

Examiner dans ses détails cette révolution littéraire, rechercher quelle a été, depuis 40 ans, sur la littérature, l'influence du mouvement extraordinaire dont les esprits ont été agités aux époques où la forme du gouvernement a subi les variations les plus marquées, c'est-là une question pleine d'intérêt, et qui, pour être dignement résolue, réclamerait le talent de nos écrivains les plus distingués.

Cette révolution de la littérature et de la politique n'est pas un fait que l'on puisse considérer isolément ; elle se lie intimément aux destinées d'un siècle qui vit naître et grossir cet orage, dont les traces profondes effrayeront encore la postérité. Ce qui nous frappe surtout dans cette époque, objet de tant de louanges et de tant de blâme, ce sont les traits saillans qui la distinguent du siècle précédent. Politique, philosophie, littérature, tout y prend une physionomie nouvelle. La pompe solennelle du grand siècle, cette splendeur majestueuse dont se décorait le trône de Louis XIV, s'étaient par degré obscurcies. Les prestiges de la gloire étaient dissipés ; la religion, comme la politique, semblait avoir perdu ses enchantemens. Aux élans de l'enthousiasme et au culte de l'amour succédaient l'analyse et le scepticisme. L'esprit d'indépendance, long-temps comprimé dans les âmes, éclatait de toutes parts ; et le cercueil de Louis XIV, insulté par le peuple, ne laissa plus de doute que tout le grand siècle ne fût descendu avec lui dans la tombe.

Un examen sévère fit apercevoir dans le gouvernement des abus que l'éclat du trône avait jusque-là dérobés aux yeux éblouis de la France. Les scandales de la régence et les intrigues du règne de Louis XV achevèrent d'enlever au pouvoir le peu de popularité qui lui restait encore. Le mécontentement se glissa dans toutes les classes de la société, et tous les esprits, fatigués du présent, appelèrent un changement devenu nécessaire.

Cette disposition générale influa sur la littérature du XVIIIe siècle. Il n'est point, en effet, chez une nation jouissant de quelque liberté, de besoin universel qui ne trouve son expression. A défaut de journaux et de tribune, la voix du peu-

ple se fit entendre dans les livres où, sous des formes générales et indirectes, on retrouvait sans
cesse la critique amère de ce qui existait, et des
vœux pour un meilleur ordre de choses. Sous l'influence de l'esprit public, les lettres prirent en
France un essor plus hardi que dans l'âge précédent. [1] A part l'éloquence sacrée, la littérature du
grand siècle s'était exercée sur des sujets étrangers aux intérêts publics. L'état des esprits et les
besoins de la société poussèrent invinciblement
les écrivains du XVIII° siècle à s'occuper des intérêts généraux de l'humanité et des intérêts par-
ticuliers de la France. La morale, les lois, la
constitution des états, les droits des peuples et
les titres du pouvoir furent examinés dans des
ouvrages souvent animés d'une mâle éloquence ;
et, par une réaction inévitable, ces livres aug-
mentaient et fortifiaient encore ce sentiment des
besoins présens auxquels ils devaient leur naissance.

Des voix accusatrices se sont souvent élevées
contre la littérature du XVIII° siècle, que l'on a
voulu rendre responsable des désastres de la révolution ; il faut reconnaître, sans doute, que
quelques écrivains, en se livrant avec trop de
chaleur aux rêves d'une imagination exaltée,

ont imprudemment ébranlé les bases de l'autorité politique et religieuse; mais peut-être n'a-t-on pas assez considéré que ces philosophes, sortis pour la plupart de la classe du peuple, et imbus de ses opinions, n'ont été que l'écho de l'esprit public; qu'ils ont cédé au torrent qu'ils ne pouvaient arrêter; et qu'enfin, bien que quelques uns paraissent avoir eu des prévisions de l'avenir, ils étaient loin de songer aux funestes conséquences qu'on tirerait de leurs principes[2]. Quand on jette un regard attentif sur ce siècle, et que l'on voit les idées nouvelles dominer la partie éclairée de la nation, éclater dans les académies, dans les parlemens, et jusque sur les marches du trône, on est forcé de reconnaître que la littérature du XVIIIe siècle a reçu de l'opinion générale de la France le caractère qui la distingue. S'il est vrai que toutes les idées fortes tendent à se réaliser, celles qui dominaient alors les esprits ont dû, par une marche naturelle, s'exprimer d'abord dans la littérature, et passer ensuite de l'intelligence dans la volonté, et de la théorie dans la pratique.

Ce XVIIIe siècle, si différent du siècle précédent par la hardiesse de ses opinions, ne le fut pas moins par la corruption de ses mœurs. La li-

cence publique, comprimée par la sévère dignité
de Louis XIV, éclata après sa mort avec d'autant plus de force, que des exemples élevés pro-
pageaient la contagion. Le sentiment religieux
s'éteignit dans les âmes possédées par un vil
égoïsme. Il se forma, du principe de l'intérêt per-
sonnel et du culte des jouissances sensuelles, une
espèce de philosophie populaire qui se glissa jusqu'aux derniers rangs de la société. La littérature,
puisant à ces sources corrompues, dut perdre
une partie de sa noblesse et de sa pureté. Grande
et libre dans tout ce qui tient à cette marche générale de l'esprit humain qu'aucun obstacle ne peut
arrêter, elle s'abaisse et se rétrécit dans tout ce
qui touche aux mœurs contemporaines. Singulier
contraste qui explique comment l'*Esprit des lois*
et *le Temple de Gnide* sortirent de la même plume,
et comment l'auteur de l'*Essai sur les mœurs*
descendit à composer un poëme licencieux.

Cependant ce siècle, vers son déclin, vit se
fortifier cet esprit de censure et d'opposition, qui
avait présidé à sa naissance. Des hommages populaires consolaient la disgrâce des ministres, et
encourageaient la résistance des parlemens. De
toutes parts circulaient des écrits, où l'on appe-
lait, où l'on provoquait la réforme, où l'on récla-

mait pour le peuple l'exercice de ses droits politiques. Tout était soumis à l'investigation et à la
critique : après avoir soulevé les voiles qui envi-
ronnaient la puissance royale , on osait l'envisa-
ger face à face et lui demander compte de ses
actes. Les abus étaient signalés et attaqués avec
force. La Chalotais avait publié ses mémoires ;
Beaumarchais , sans autre arme que la raison et
une mordante éloquence , avait terrassé des ennemis soutenus par une redoutable autorité ;
Lacretelle examinait l'importante question des
peines infamantes ; Dupaty élevait la voix en
faveur de trois innocens condamnés ; Mirabeau
attaquait les lettres de cachet et le despotisme,
et Sieyes publiait son essai sur les priviléges.

Ce mouvement , donné à l'opinion publique
par des écrivains éloquens , en avait fait une
puissance devant laquelle des ministres même
ne dédaignaient pas de comparaître et de se jus-
tifier.⁵ C'est ainsi que la littérature , attendant
qu'elle eût une place légale dans l'état , formait
en dehors du gouvernement une sorte de tribu-
nal suprême où se discutaient les plus hautes
questions de la morale et de la politique : ainsi
l'éloquence française , qui se sentait appelée à
des combats plus importans , essayait ses armes.

La convocation des états-généraux vint lui ouvrir une carrière digne d'elle.

Quel imposant spectacle ne présentait pas cette assemblée brillante de talens, et appelée par le monarque à régénérer des institutions vieillies ! [5] Quelle noble mission, pour des législateurs, que celle de calmer l'effervescence des esprits, de raffermir le trône ébranlé, et de prévenir les discordes, en conciliant par un pacte durable les droits du peuple et ceux du monarque ! Et pour l'éloquence politique, quelle plus belle occasion d'exercer son ascendant dans l'intérêt de la justice et de la concorde ! Pourquoi faut-il qu'une funeste influence ait prévalu, et que l'agitation des partis, des rivalités d'ordres, des ressentimens amers et de violentes passions aient imprimé à ces premiers essais de l'éloquence nationale un caractère haineux et turbulent ? Il faut l'avouer toutefois ; dans l'intérêt isolé de l'art, ces luttes animées des partis, qui donnent aux âmes une activité sans cesse renaissante, sont préférables à des délibérations plus calmes. C'est au milieu des troubles civils que l'éloquence grandit et se fortifie ; la vérité sans contradiction s'exprime sans chaleur. Pour lui donner ce feu qui embrase et cette force qui saisit l'âme,

il faut des adversaires, des combats ; et comme
l'éclair qui naît du froissement des nues, elle
jaillit en traits brûlans du choc des opinions.
Athènes et Rome, qui s'élevèrent à une si grande
hauteur d'éloquence au milieu des agitations
d'un gouvernement libre, perdirent leurs orateurs au moment où les partis se calmèrent devant l'autorité d'un maître. Cette condition de
l'éloquence politique ne manqua pas à notre patrie. La diversité des principes et des intérêts di-
visa cette assemblée que le zèle du bien public devait unir. D'un côté, l'ardeur et l'impatience de
la conquête, le sentiment du droit et de la force ;
de l'autre, la fidélité au trône et la défense des
priviléges, prolongeaient et animaient ces luttes
journalières où brillaient les plus beaux talens.

Par-dessus tous se distingua cet orateur dont
le nom trop fameux rappelle inévitablement le
début de notre révolution, comme les premiers
triomphes de notre éloquence politique : génie
énergique, audacieux, profond, doué d'une puissance de parole incroyable, frappant l'esprit avec
une autorité de raisonnement qui suppléait à celle
de ses mœurs ; terrible dans l'attaque et dans la
défense, entraînant comme Démosthènes, acca-
blant comme lui ses adversaires de tout le poids

de son mépris, et étonnant de ses regards et de son action ceux qui échappaient à ses paroles : orateur d'autant plus éloquent qu'un long amas de ressentimens se cachait en lui sous une apparence de patriotisme, et que les intérêts de ses passions se confondaient en secret dans son âme avec ceux de la liberté. Tel fut ce Mirabeau dont l'autorité fixa l'indécision des esprits, et lança l'assemblée dans cette route périlleuse qu'elle suivit au milieu des orages. Il prit part à toutes les délibérations importantes, et influa par son éloquence sur les décisions de l'assemblée, jusqu'au moment où, effrayé de son ouvrage, il voulut en vain arrêter le torrent qu'il avait imprudemment déchaîné.

Il fallait que la littérature du XVIIIe siècle eût fortement préparé les esprits à l'éloquence politique, et que les évènemens eux-mêmes eussent agrandi et fortifié les âmes, puisqu'un si beau talent trouva de dignes rivaux dans cette assemblée. Qu'il nous suffise de nommer Cazalès, qui, d'abord voué à la carrière des armes, apporta à la tribune toute l'énergie de sa première profession ; Maury, l'intrépide défenseur des droits du clergé ; et Barnave, dont les discours, comme les principes, avaient toute l'audace et souvent toute l'imprudence de la jeunesse.

Les idées nouvelles qui agitaient les esprits, les vœux du peuple, et souvent ses passions, trouvèrent dans cette éloquence de l'assemblée constituante un écho fidèle, qui, retentissant dans toutes les parties de la France, augmenta la fermentation générale. C'est de cette époque que date parmi nous le développement d'un genre à peine connu jusqu'alors, et qui devait exercer une si grande influence sur nos destinées politiques ; je veux parler de la littérature des journaux, genre né des besoins de l'époque, et destiné, par sa nature même, à éclairer et à exprimer l'opinion générale. Dans les anciennes républiques, le peuple, rassemblé sur le *forum* ou l'*agora*, exprimait par des acclamations sa faveur ou son mécontentement. Dans les gouvernemens modernes qui ont donné une place à la démocratie, les journaux sont une espèce d'écho silencieux qui, portant aux extrémités du royaume la pensée des orateurs publics, instruit le peuple de la marche du gouvernement, et rapporte au gouvernement les vœux et l'opinion du peuple. Vainement affecterait-on pour ce genre de superbes mépris, vainement arguerait-on de ses abus pour le condamner ; lien nécessaire du gouvernement et de la nation, l'avenir se chargerait de lui assigner le rang qui lui est dû, si déjà il n'était ennobli et consacré par la plume de nos plus illustres écrivains. [8]

Lorsqu'un grand intérêt, une passion forte se sont emparés d'une nation entière, il est difficile que les ouvrages sérieux qu'elle voit éclore n'en présentent point quelque reflet. Dans ce moment où la France inquiète attendait, les yeux fixés sur l'assemblée de ses députés, le dénoûment de cette scène imposante qui venait de s'ouvrir, les livres se ressentaient de la préoccupation des esprits. Tous les autres intérêts se taisaient devant cet intérêt si grave du trône et de la patrie ; et la politique, qui était dans toutes les pensées, se montra aussi dans tous les écrits importans. Bernardin de Saint-Pierre, après avoir plaidé la cause de l'humanité dans des ouvrages où l'intérêt et la grâce embellissent une douce philosophie, plaidait celle de ses concitoyens dans un écrit modeste adressé à l'assemblée constituante ; [9] et bientôt la science des lois trouvait un digne interprète dans M. Pastoret. [10]

Pendant que l'éloquence recevait de l'agitation des esprits une vie nouvelle, et agrandissait, pour ainsi dire, son domaine, la poésie ne demeura point étrangère à cette direction de la pensée. La gravité des intérêts qui s'agitaient à la tribune dut laisser peu de place à ces genres brillans et frivoles, où, dans des temps plus calmes, se jouait la légèreté de l'esprit français. La lyre des Boufflers et des Parny fut muette pendant nos troubles civils. Le seul genre cultivé avec succès dans le premier période de la révolution fut celui qui, destiné par sa nature à agir sur des masses rassemblées, parait avoir le plus d'affinité avec la politique, le genre dramatique. Les législateurs de la Grèce avaient fait de la tragédie une institution religieuse et morale : chez les modernes, le théâtre, dépouillé de ce caractère, parut toujours se prêter aux idées et aux passions des spectateurs. La galanterie de la cour de Louis XIV respire dans les pièces de Racine, comme l'esprit philosophique du XVIIIe siècle se montre à chaque pas dans les tragédies de Voltaire. En 1789, quand le peuple, impatient de conquérir ses droits, faisait entendre au pied du trône des cris souvent menaçans, le théâtre sembla prendre aussi un caractère hostile. La démocratie, qui envahissait le gouvernement, s'emparait en même temps de la scène. Ce fut sans doute un grand évènement, dans la littérature, que la représentation de la tragédie de Charles IX sous le règne de Louis XVI. Si l'on accorde à l'art dramatique quelque influence sur l'esprit public, il faut avouer que le spectacle offert au peuple par Chénier était peu propre à calmer l'effervescence des passions déchaînées. Les démagogues y virent sans doute un nouveau coup porté à la royauté chancelante, et un secours utile pour l'accomplissement de leurs desseins. [11]

A la faveur du mouvement général, la littérature dramatique prit un essor extraordinaire. On vit les pièces nouvelles se succéder avec une rapidité inouïe jusqu'alors ; mais cette activité ne tourna point au profit de l'art. L'esprit d'indépendance, qui était dans la politique, passa aussi dans la littérature ; les règles parurent des entraves gênantes, que les auteurs brisèrent sans scrupule pour se livrer aux plus bizarres caprices de leur imagination. Le drame, genre nouveau, né de l'esprit philosophique, et adapté aux goûts populaires, devait naturellement fleurir à cette époque où le désir des innovations possédait toutes les âmes, et où la masse de la nation acquérait une prépondérance marquée dans l'état. La scène fut inondée de pièces sombres et monstrueuses, remplies de violentes déclamations. [12]

Le théâtre n'offrait au peuple que victimes du fanatisme et de la tyrannie, et innocens condamnés par la justice humaine ; spectacle non moins funeste à l'art dramatique qu'à la morale, où l'emphase tenait lieu de vérité, et où la médiocrité, revêtue de patriotisme, usurpait des applaudissemens auxquels le talent seul avait droit. Cette aveugle partialité exerça une fatale influence sur la tragédie et le drame. Ce n'est pas assez, pour faire fleurir un art, de décerner des récompenses à ceux qui le cultivent ; il faut encore qu'un goût sévère préside aux jugemens, et que la critique réveille quelquefois le talent qui s'endort. Dès que les défauts et les beautés sont confondus dans une réprobation ou une faveur égales, le génie s'égare et l'art tombe en décadence. Telles étaient les exigences de l'opinion populaire, qu'elles semblaient enlever toute liberté aux auteurs dramatiques. Obligés de se renfermer, pour la plupart, dans le cercle étroit des pièces de circonstance, si quelques-uns s'en affranchissaient, ils devaient du moins demander à l'histoire grecque ou romaine des sujets qui eussent quelque rapport à la révolution française ; de sorte que le poète, réduit à lutter contre les difficultés d'un sujet étroit souvent en opposition avec le caractère de son talent , et obligé d'y semer des tirades empreintes de l'esprit du jour, se trouvait dans la cruelle alternative de renoncer aux applaudissemens , ou de blesser les lois du goût et les règles de l'art.

Quand la tragédie et le drame subissaient ainsi l'influence des évènemens politiques , d'où vient que la comédie y resta à peu près étrangère , et parut se ranimer au milieu de cette crise sociale ? Peut-être faut-il en chercher la cause dans la nature même du genre. La tragédie, n'ayant besoin pour réussir que d'une certaine vraisemblance , peut se prêter plus facilement aux mœurs des spectateurs , et admettre ces allusions et ces tirades qui servent de signal aux applaudissemens du parterre. Mais , pour faire rire , il faut un comique franc et naturel , et des peintures vivantes des vices et des travers de la société. Toute allusion à des évènemens sérieux , tout appel à des passions turbulentes, ne seraient propres qu'à étouffer le comique et à glacer sur les lèvres du spectateur le rire prêt à s'en échapper. Voilà sans doute pourquoi la comédie conserva à cette époque toute sa vérité. Toutefois, soit que les mœurs du jour prêtassent peu au ridicule , soit que les poëtes craignissent de reproduire trop fidèlement ceux qu'ils avaient sous les yeux, la comédie sembla s'attacher à peindre les travers généraux de l'humanité plutôt que les vices contemporains. C'est à la réflexion, plus qu'à l'observation, que les poëtes doivent les caractères qu'ils ont mis en scène. Molière avait peint la société de son temps avec toute la naïveté de ses ridicules. Colin d'Harleville et Fabre d'Églantine ne peignent dans la plupart de leurs pièces que des caractères qui appartiennent également à tous les siècles. Ce sont des vues philosophiques sur l'humanité réalisées par une action dramatique. [15]

Telle fut l'impulsion donnée à la littérature par le mouvement social qui accompagna en France le règne de l'assemblée constituante. Cette fermentation générale, en remuant les âmes par de grandes et nobles idées, donna l'essor au génie de l'éloquence, étendit le domaine de la littérature, inspira les publicistes, et parut ouvrir quelques sources nouvelles à l'art dramatique; mais, comme ces vents d'orage qui n'accélèrent la marche d'un vaisseau que pour le briser sur les écueils, ce mouvement des esprits, en redoublant de violence, entraîna la littérature elle-même dans ce vaste naufrage où s'abîmèrent

toutes les institutions de la France. L'assemblée
législative, dominée comme la constituante par
des principes philosophiques, comme elle agitée
de passions, mais plus violente et plus fougueuse
que sa devancière, acheva la démolition du trône
et poursuivit sa route vers l'anarchie, sans songer qu'elle laissait derrière elle cette liberté constitutionnelle qui seule convenait à la France.
Sous son règne rapide, tous les élémens de trou-
ble, de rébellion et de crime, éclatèrent à la fois
avec un effrayant accord. Les passions populaires, arrêtées jusque-là par une ombre d'autorité, se déchaînèrent avec fureur : la littérature, comme la société entière, dut subir cette
influence. Aussi semble-t-elle, plus encore que
dans l'époque précédente, se concentrer dans les
deux genres qui s'adressent spécialement aux
masses, l'éloquence nationale et la poésie dramatique. L'enthousiasme de la liberté inspire
encore la tribune politique ; mais l'irritation toujours croissante des esprits, et les terribles évènemens que chaque jour voit éclore, en altèrent
déjà les accens. La voix de Vergniaud retentit,
forte et menaçante, comme ces bruits sinistres
qui annoncent l'éruption prochaine d'un volcan.
Émue par les voix démagogiques de l'assemblée

2.

législative, la multitude allait chercher encore au théâtre un écho fidèle de ses passions. Les tragédies nouvelles, qui se succédaient rapidement, et celles que l'on remettait sur la scène, ne devaient les applaudissemens qu'elles obtenaient qu'à l'expression des idées et des sentimens démocratiques. [15] On a remarqué que les pièces, en apparence les plus étrangères aux évènemens du jour, présentent cependant je ne sais quel reflet de l'état des esprits ; il fallait des moyens plus forts, des ressorts plus puissans, pour remuer des spectateurs qui avaient chaque jour sous les yeux des réalités si terribles. La sombre tragédie d'*Othello* doit peut-être sa naissance à la révolution.

Quand on considère cette époque fatale à laquelle la terreur publique a donné son nom, et où il semble, selon l'expression de madame de Staël, *qu'on descende de cercle en cercle toujours plus bas dans les enfers*, on est douloureusement affecté de ce honteux asservissement d'un peuple entier. Que sont devenues ces espérances que l'assemblée constituante avait fait naître dans le cœur des gens de bien ? que sont devenues les vertus et les lumières de la nation ? Littérature, religion, humanité, tout a disparu sous la hache des bourreaux ; la France est méconnais-

sable à ses propres yeux : les mœurs sont devenues barbares, le gouvernement inepte, et le
pouvoir féroce. Ne parlez plus d'arts et de lumières ; dans le bouleversement général, l'igno-
rance et la bassesse, portées aux premières pla-
ces de la société, ont proscrit la science et fait
du plus grossier cynisme un titre de gloire. [16]

Ce n'est point ici le lieu d'examiner par quels
moyens les oppresseurs du peuple l'avaient in-
sensiblement amené à cette dégradation morale :
mais je sens le besoin de justifier la littérature de
cette honteuse complicité. Lorsqu'en 1789 le gouvernement, cédant au vœu de la nation, appela
les hommes éclairés des différens ordres de l'état
à concourir à la réforme politique, les gens de
lettres secondèrent de tous leurs efforts ce mouvement qui semblait devoir nous conduire à un
meilleur ordre de choses ; mais quand la cause
de la révolution se fut souillée par des excès,
on vit la plupart d'entre eux reculer d'horreur
et se liguer contre un pouvoir fait pour révolter
les âmes honnêtes. Si Malesherbes et Bailly pé-
rirent sur l'échafaud, si Condorcet fut proscrit,
si André Chénier ne put échapper aux bourreaux, n'est-ce pas parce que les anarchistes
craignirent l'influence de leurs talens ? Pourquoi

ce parti de la montagne,[17] si honteusement célè-
bre, supprime-t-il les sociétés littéraires dans
toute l'étendue de la France? pourquoi frappe-
t-il les gens de lettres et veut-il enchaîner la
pensée ? Le chef de cette faction sanguinaire[18]
nous l'apprend lui-même, lorsque du haut de la
tribune il accuse tous les écrivains de s'être
déshonorés pendant la révolution. Certes, une
pareille condamnation est de toutes les justifica-
tions la plus éclatante.

L'éloquence politique avait encore jeté quelque éclat dans l'assemblée législative, parce que
les partis, combattant avec les mêmes armes
pour une victoire incertaine, sentaient le besoin de conquérir l'opinion des membres indécis
qui pouvaient assurer leur triomphe. Dans la
convention, la force matérielle remplace l'autorité de la parole ; la majorité tremble opprimée
sous les poignards qu'un petit nombre de factieux
lui oppose à défaut de raisons ; et la violence
brutale des uns, le timide effroi des autres, durent laisser peu de place au talent des orateurs.

On a souvent répété que la liberté est nécessaire à l'éloquence ; la crainte, en effet, resserre
l'âme et y comprime tous les sentimens généreux.
Toutefois, lorsqu'au milieu d'une multitude op-

primée, il se trouve un homme d'un caractère assez ferme, d'une vertu assez haute pour s'élever
au-dessus des terreurs vulgaires et dire la vérité
dans toute sa force, l'éloquence peut jaillir encore de cette âme indépendante. Tels se mon-
trèrent dans la convention quelques-uns de ces
Girondins, dont l'exaltation républicaine avait du
moins l'excuse de la bonne-foi. Des accens libres
et fiers, des paroles pleines d'une mâle énergie,
sortirent encore de la bouche des Vergniaud et
des Guadet, accusés par le parti auquel ils s'u-
nissaient naguère : efforts généreux, mais im-
puissans, qui vinrent se briser contre le lâche
engourdissement de leurs amis et l'impassible
férocité de leurs adversaires. Tel encore se montra, devant des juges sanguinaires ou effrayés, le
défenseur de Louis XVI, ce magistrat vertueux,
dont la France en deuil déplore la perte récente.
Dans un moment où l'indignation publique était
forcée de se cacher au fond des âmes, qu'il fut
beau d'entendre éclater en présence des bourreaux ces mâles accens de la raison défendant la
vertu ! L'éloquence expirante brilla d'un dernier
éclat dans cette courageuse défense du roi mar-
tyr, comme le soleil jette une lueur plus vive au
moment de disparaître sous les voiles de la nuit.

Après la mort de Louis XVI et la proscription de la Gironde, quand les factieux, à défaut d'autres victimes, se déchiraient entre eux, nulle voix éloquente ne se mêla plus à leurs bruyantes clameurs. Peut-être n'est-il pas sans intérêt d'examiner l'usage que les oppresseurs de la France firent de la parole pour ordonner des violences ou justifier des crimes. Révoltés contre la raison qui les accable, on les voit réduits à de continuels efforts pour torturer le langage, altérer les notions reçues, et plier au gré de leurs passions les principes qui les condamnent. Que de sophismes, d'arguties et de vaines déclamations ! quelle élocution barbare ! La langue, faite pour être l'organe de la vérité, ne rend plus, dans ces discours sans conviction, que des sons faux et discordans. L'un est exagéré jusqu'à l'emphase,[19] l'autre commun jusqu'à la trivialité ; nul n'a ce ton de bonne-foi, ce noble accent du cœur, qui pénètre et saisit. Quelques-uns, à propos des motions les plus violentes, osaient invoquer la morale et la vertu ;[20] mais leurs discours formaient avec leurs actions une trop horrible dissonance pour qu'ils pussent remuer l'âme. L'éloquence n'est pas plus dans les phrases que la piété dans les démonstrations extérieures ; elle jaillit,

comme une source vive , du cœur de l'orateur.
Que prétendaient les Couthon et les Robespierre,
en parlant de justice et d'humanité? Ces mots ,
prononcés par des bouches souillées , semblaient
avoir perdu tout ce qu'ils ont de pur et de
sacré.

Cependant l'oppression même eut ses inter-
valles pendant lesquels on parut songer à la littérature ; mais était-ce par des décrets qu'on pouvait lui rendre la vie qu'elle avait perdue? N'est-
on pas tenté de sourire, quand on voit des législateurs ordonner qu'*il sera fait un vocabulaire
et une grammaire nouveaux , pour donner à la
langue française le caractère qui convient à la
langue de la liberté?* Reconnaissons pourtant que
quelques grandes idées sortirent de cette assemblée anarchique. En même temps que le Pan-
théon s'ouvre pour les morts illustres dans tous
les genres , des secours sont votés pour les savans
et les artistes ; la poésie est appelée à embellir les
fêtes nationales ; on encourage l'instruction élé-
mentaire ; on fonde dans toutes les provinces des
écoles centrales ; Paris voit s'élever dans son sein
des écoles normales , où les professeurs les plus
distingués se feront entendre devant des élèves
choisis dans toute la France pour s'éclairer à ce

foyer de lumières ; enfin l'Institut national est créé. Certes, la plupart de ces institutions n'étaient pas sans utilité ; mais comme elles n'étaient que des jets épars, sans vue générale et sans unité, presque toutes s'écroulèrent rapidement comme ces édifices bâtis à la hâte sur des ruines.

La violence des factions, qui se disputaient le pouvoir, avait arrêté l'essor de l'éloquence politique. Les discours des Girondins opprimés furent dans la convention les derniers abois de la liberté mourante. Bientôt on n'y entendit plus que la voix menaçante des décemvirs et le langage timide de leurs esclaves. Si nous jetons les yeux au dehors de l'assemblée, nous y trouvons la même licence à côté de la même oppression. Il était permis à des feuilles incendiaires de souffler au loin le feu de la discorde, et de propager dans les provinces les principes les plus désastreux ; mais qu'un écrivain généreux osât réclamer au nom de la justice et de l'humanité, sa voix était étouffée par les oppresseurs de la France, qui, comme ces tyrans dont parle Tacite, espéraient sans doute, dans leur délire, *étouffer aussi la conscience du genre humain.* On ne faisait grâce qu'à ces productions frivoles et licencieuses, que les factieux regardaient comme d'utiles auxiliaires de corruption. [21] Les mêmes entraves étaient imposées à la poésie; on encourageait, on récompensait les chants de ces poëtes déhontés, toujours prêts à célébrer sur leurs lyres avilies les plus sinistres évènemens : mais qu'un poëte fidèle proclamât en beaux vers les principes de l'éternelle justice et le dogme de l'immortalité, [22] il ne pouvait, sous peine de la vie, publier un ouvrage qui eût consolé tant de victimes, mais troublé peut-être le sommeil des bourreaux. Plusieurs écrivains avaient payé de leur tête leur courage et leur génie; d'autres, fatigués de tant d'oppression et d'outrages, n'ayant plus même la ressource de l'espérance, allèrent, chargés de leurs muses exilées, comme Énée de ses dieux pénates, demander aux étrangers l'asile et la liberté que la France leur refusait.

Malgré l'horreur qu'inspirent tant de crimes commis au nom de la révolution, on ne peut nier que ce mouvement général n'ait présenté dans quelques-unes de ses phases un caractère sublime. La noble attitude de la France se levant, comme un seul homme, pour défendre sa liberté menacée, repoussant d'une main les étrangers, et de l'autre désarmant ses ennemis intérieurs; l'enthousiasme guerrier qui animait ces citoyens devenus soldats à la voix de la patrie ; cet intérêt de la guerre, qui venait s'unir à l'intérêt d'une révolution avancée, tout cela devait parler à l'imagination des poëtes républicains. Inspirés par notre gloire militaire, Lebrun, Chénier, Rouget de Lisle, trouvèrent quelquefois des accens dignes d'animer le courage français ; et si l'on ne peut oublier que leurs chants ont accompagné à l'échafaud de nombreuses victimes, il est juste aussi de rappeler qu'ils ont souvent conduit nos soldats à la victoire.

Les théâtres, placés au centre de la capitale et sous les yeux des factieux, durent se ressentir des convulsions qui agitaient la France. Les acteurs furent contraints de bannir de leur répertoire les chefs-d'œuvre de notre poésie dramatique, et de représenter chaque jour des pièces sanguinaires, où la dénonciation était érigée en vertu et la férocité en héroïsme. Le crime se montra sur la scène dans sa plus hideuse laideur. Quelle place y restait-il au talent ?

Cependant, au milieu de la terreur et de la consternation générale, une énergique protestation s'était fait entendre au théâtre. La représentation de *l'Ami des lois* fut un coup hardi porté aux factieux, et un courageux appel à l'o-

pinion publique. O vous qui aimez à croire que
la France ne fut point complice des forfaits qui
se commirent en son nom, que vos yeux, fatigués
de tant de crimes, se reposent sur cette éclatante
manifestation de l'esprit public! Pourquoi cette
foule qui se précipite au théâtre, ces applaudissemens qui ébranlent les voûtes de la salle, et ce
succès dont il y avait peu d'exemples jusqu'a-
lors? Ne reconnaît-on pas, dans cette unanimité
de sentimens, le désaveu le plus formel des excès
flétris par *l'Ami des lois?* Honneur à l'écrivain
qui, en présence de l'échafaud, sut rappeler
aussi énergiquement les droits méconnus de la
justice et de la raison! [24]

Le succès de *l'Ami des lois* suffit pour nous
révéler la direction que l'art dramatique eût
prise à cette époque, s'il eût joui de quelque
liberté. Mais les tyrans comprirent que, pour
affermir leur autorité, il ne fallait laisser aucune
voix à la pensée publique. On défendit de jouer
la pièce nouvelle, les acteurs allèrent bientôt
dans les prisons expier leur courage, les théâtres se changèrent en clubs, et les spectacles ne
furent plus que de sanglantes parades, où l'on
outrageait ce qu'il y a de plus sacré sur la terre,
la vertu et le malheur. [25]

La journée du 9 thermidor, en soulageant la France du joug sanglant qui pesait sur elle, exerça aussi une heureuse influence sur la littérature. Des écrivains courageux, profitant d'un court intervalle de liberté, servirent d'organe à l'opinion de la France long-temps étouffée : tel fut l'effet de ce mouvement des esprits, qu'on se crut au moment de voir l'antique monarchie se relever de ses ruines; mais le canon du 13 vendémiaire dissipa ces espérances, et fit taire les voix généreuses dont s'alarmait avec raison un injuste pouvoir. Cependant la scène fut délivrée des pièces incendiaires qui la souillaient, et le bon goût, comme l'humanité, parut y reprendre ses droits. A côté de Ducis, d'Arnaud, de Chénier, vint se placer l'auteur d'*Agamemnon*, et M. Picard recueillit l'héritage de Colin d'Harleville et de Fabre d'Eglantine.

La France agitée par tant de secousses commençait enfin à respirer sous le directoire. La dissolution d'une partie de la convention avait paru un retour à l'ordre et au repos; et quoique le sol tremblât encore, la sécurité renaissait dans les âmes. Après une crise terrible, suspendue plutôt que terminée, on sentait le besoin d'oublier et de s'étourdir; la légèreté française triomphait à

la fois des souvenirs et des prévisions ; dans
l'incertitude de l'avenir, on jouissait du présent
avec ivresse, et des chants de fête retentissaient
où s'exhalaient la veille les soupirs des victimes.
A la faveur d'un gouvernement plus doux, les
lettres essayèrent aussi de renaître ; les chansons
et les épigrammes furent la première expression
de l'esprit public. Bientôt des journaux parurent,
dont la voix hardie ranima l'opinion nationale ;
les idées et les sentimens comprimés au fond des
âmes éclatèrent avec force, et les mots de *justice* et d'*humanité* reprirent leur place dans le
langage. Mais cette liberté de la pensée ne convenait point à un gouvernement faible et incohé-
rent, dont l'existence ne pouvait soutenir l'examen. Attaqué de toutes parts, le directoire sen-
tit qu'il ne pouvait vivre que par l'oppression.
Trop faible pour régir la France, il se trouva
pourtant assez fort pour persécuter. La suppres-
sion de plus de quarante journaux, et la déportation d'un grand nombre d'écrivains, enchaînè-
rent l'opinion publique de jour en jour plus menaçante, et la littérature politique se trouva encore une fois réduite au silence. Les mêmes entraves furent imposées aux autres genres. Le théâtre
était soumis à une censure sévère, et les airs

populaires de l'anarchie, exécutés avant les re-
présentations par ordre de l'autorité, semblaient
destinés à contenir les esprits par le souvenir
toujours présent de la terreur.

Le règne du directoire devait être une époque de dissolution pour les mœurs : la dispersion
violente des familles, le mélange des diverses
classes de la société, l'immoralité des hommes en
place, la loi du divorce et la longue absence de
la religion, tout contribuait à amener cette corruption générale. La littérature dut participer
inévitablement à ce caractère. Aussi, tandis
qu'une foule de romans obscènes se publiait, que
des pièces immorales se jouaient au théâtre, un
poëte rival de Tibulle, ressaisissant la lyre mo-
queuse et légère du XVIIIe siècle, osait dans une
fiction licencieuse attaquer, avec l'arme du ridicule, une religion à peine échappée au fer des
bourreaux. Une telle production avait besoin,
pour paraître, du double auxiliaire de la corruption publique et de la faiblesse du pouvoir.

Cet abaissement moral de la France trouvait
pourtant une compensation dans la gloire de nos
armes. Déjà flottaient au pied des pyramides
ces drapeaux que l'Italie, la Suisse et l'Allema-
gne avaient vus triompher tour à tour. Ces bril-

lantes et lointaines expéditions devaient relever et exalter les âmes, et la poésie y eut sans doute puisé de nobles inspirations, si elle eût été secondée par le génie de la liberté.

Après tant de bouleversemens et de malheurs, la concorde était loin de régner entre les Français. Sous un gouvernement trop faible pour diriger l'opinion publique, chaque parti avait repris ses projets et ses espérances : certains hommes avides de licence et d'autorité, auraient voulu recommencer la terreur à leur profit. Quelques-uns conservaient encore toutes les illusions de 1789; d'autres enfin, et c'était le plus grand nombre, instruits par l'expérience, appelaient de tous leurs vœux un gouvernement appuyé sur la religion et les lois. Cette diversité d'opinions et de tendance se manifesta aussi dans la littérature. L'on vit des écrivains renouer en quelque sorte la chaîne interrompue des temps, et proclamer hautement les principes du XVIIIᵉ siècle, comme s'ils fussent sortis purs de l'épreuve de la révolution : d'autres osèrent conserver les doctrines et le langage de l'anarchie. Mais en même temps s'élevait dans la littérature un parti plus grave et plus sévère, qui, comptant pour quelque chose les leçons du malheur, rappelait les esprits à ces vérités con-

servatrices quelquefois obscurcies par les nuages
des passions, mais qui, après les sanglans orages
des sociétés, reparaissent toujours plus éclatan-
tes. Une ère nouvelle s'ouvrait avec le consulat :
la France, si long-temps opprimée, attendait enfin du pouvoir justice et réparation. Réunis dans
une ligue généreuse, les écrivains les plus distingués de l'époque se chargèrent d'exprimer ses
besoins. La conviction leur donna de l'éloquence,
et l'opinion publique se déclara pour eux : la re-
construction de l'ordre social était leur but ; leur
moyen, le rappel aux croyances ; et leur devise,
la religion ! mot sacré, qui, répété alors par tous
les échos de la France, fut le premier cri du
XIXe siècle surgissant du sein des ruines.

Parmi ces écrivains, il est juste de distinguer
M. de Châteaubriand. A peine revenu de la terre
d'exil, il prit place parmi les plus illustres or-
ganes de l'opinion publique. En présence du
parti renaissant d'une irréligieuse philosophie, il
releva de la poussière les débris épars du culte
profané, et consacra à la religion un monument
immortel dans son *Génie du Christianisme*. Op-
posant aux sarcasmes de l'esprit de parti un langage plein de conviction et de gravité, il vengea
la foi chrétienne des injustes mépris de ses dé-

tracteurs, il déroula aux yeux le majestueux tableau de la religion méconnue, il en développa
les beautés, il en retraça les bienfaits et montra
son alliance intime avec tout ce qu'il y a de plus
pur et de plus grand dans le cœur de l'homme,
les affections naturelles, la poésie, le courage
et la liberté. La force du talent, réunie dans cet
ouvrage à la force de la vérité, agit profondément sur les âmes déjà disposées à revenir aux
antiques croyances. Les doctrines du xviii° siècle
étaient usées; le sensualisme et l'incrédulité ne
pouvaient suffire aux besoins d'un peuple naturellement porté, après tant de souffrances, à relever vers le ciel sa tête courbée par le malheur,
et à y chercher des consolations et des espérances. L'enthousiasme avec lequel on vit les
autels se relever, les temples se rouvrir, et les
ministres proscrits rentrer dans le sanctuaire,
prouva que les écrivains religieux du consulat
avaient répondu aux sentimens les plus intimes,
comme aux vœux les plus chers du peuple. Ce
retour aux idées d'humanité et de religion trouvait aussi, à la même époque, une expression
dans la poésie. Legouvé, dans un de ses ouvrages, rappelait en beaux vers le généreux dévoûment des femmes pendant le règne de la ter-

3.

reur; et Delille, dans son poëme de *la Pitié*, osait verser des pleurs sur les royales infortunes d'une famille détrônée.

Ce sera sans doute une époque curieuse dans l'histoire, que celle où l'ordre social ébranlé se raffermissait sous l'influence de cet homme extraordinaire qui vit la France fatiguée se jeter entre ses bras, et lui confier le soin de ses destinées. Assuré que la raison publique s'unirait à lui pour ramener l'ordre et détruire à jamais l'anarchie, Bonaparte seconda l'essor des lettres renaissantes. A sa voix avaient reparu sur le sol de la France les écrivains que la terreur avait forcés de chercher un asile sur la terre étrangère. Pour la plupart d'entre eux, l'exil même n'avait pas été infructueux : leur génie agrandi, et fortifié par l'observation, s'était encore enrichi par l'étude des langues et des littératures étrangères.

Tout, dans ce moment, semblait promettre aux lettres françaises un nouveau siècle de gloire, mais des espérances si douces furent bientôt déçues; il était dans nos destinées de passer des excès les plus violens de la licence au dernier degré de la servitude. Bonaparte, qui avait encouragé la littérature tant qu'elle s'était bornée

à réparer les désastres du passé, l'arrêta tout-à-
coup, lorsqu'elle voulut s'occuper de l'avenir
dont il prétendait être le seul arbitre. Enivré
par ses victoires, et séduit par l'appât du trône,
il ne vit bientôt, dans tout ce que la France renfermait de grand et d'illustre, qu'un moyen d'affermir son autorité : d'une main, il saisit le sceptre, et de l'autre il abaissa devant lui tout ce
qui pouvait lui porter ombrage. La puissance de
la pensée, comme toutes les autres puissances,
fut enchaînée aux pieds du colosse. Si la gloire
suffisait pour faire fleurir les lettres, le règne de
Bonaparte n'aurait eu rien à envier à celui de
Louis XIV. Jamais plus de splendeur n'avait en-
vironné le trône français. L'Europe tremblante
subissait la loi du nouveau monarque, et la fierté
des vieilles dynasties s'était humiliée devant un
roi de fortune. Disposant à son gré des empires,
il s'unissait à la fille des Césars, et distribuait en
fiefs à sa famille des royaumes dont il se réser-
vait la suzeraineté : son génie n'enfantait que de
vastes projets dont les difficultés disparaissaient
devant sa volonté puissante. A sa voix des rem-
parts s'écroulaient, et des montagnes escarpées
abaissaient leur cime ; des monumens pleins de
grandeur s'élevaient de toutes parts ; les chefs-

d'œuvre des arts, enlevés aux peuples vaincus, se réunissaient dans la capitale ; des villes s'embellissaient comme par enchantement, et la France agrandie voyait reculer les limites de son territoire. Et toutefois, en présence de cet homme si grand, si extraordinaire, la littérature fut toujours sans force, parce qu'elle fut sans liberté ; encouragée pour des ouvrages frivoles ou serviles, elle se trouvait arrêtée par une main de fer dès qu'elle voulait tenter un vol plus hardi. [16] L'histoire, placée en présence du despotisme, oublia la postérité et prit le langage d'une complaisante admiration. L'éloquence, muette dans les assemblées législatives, ne trouva pas même de noble inspiration pour proclamer nos victoires dans des journaux asservis. La critique, exercée le plus souvent sans bonne-foi, semblait se plaire à décourager le talent et à entraver le génie. La poésie elle-même se ressentit de la contrainte des âmes et de l'asservissement de la pensée : à part quelques odes destinées à chanter la gloire de nos armes, et quelques élégies pleines de sensibilité, les poëtes paraissent avoir perdu le secret de l'enthousiasme. La pensée timide et servile semble se circonscrire elle-même dans le cercle étroit de la traduction et de l'imitation ;[17] et si par fois l'on ose en sortir, les écrivains les plus originaux s'attachent de préférence à des genres qui excluent également la chaleur et la force, aux genres didactique et descriptif. Et c'est vainement que l'on chercherait au théâtre cette liberté qui n'existait plus ailleurs. Au milieu des pièces de commande qui envahissaient la scène, à peine en parut-il quelques-unes dignes de fixer les regards de la postérité.

Cependant, au milieu de l'asservissement général, le parti de la monarchie constitutionnelle qu'on avait vu florissant en 89, vaincu en 92, opprimé en 93, ranimé un instant sous le directoire, fortifié sous le consulat, réduit au silence par l'empire, ce parti vivait encore. Telle est la force des idées nées de la civilisation et des besoins de l'esprit humain, que nulle puissance humaine ne peut les étouffer. Tandis que la jeune génération était distraite de la liberté par la gloire, ces idées se conservaient dans le cœur de quelques hommes éclairés et sages (les Camille Jordan et les Royer-Collard), qui, pleins de confiance dans l'avenir, méditaient la liberté sous le despotisme impérial, et préparaient leurs armes en silence, sûrs de descendre tôt ou tard dans l'arène constitutionnelle. Quelques écrivains résistèrent comme eux aux séductions du pouvoir, et sous des bannières diverses demeurèrent fidèles à leur première vocation. Chénier conserva sous l'empire toute l'âpreté de son républicanisme, et M. de Châteaubriand continua de marcher dans la noble route qu'il s'était ouverte. Le poëme *des Martyrs*, et l'*Itinéraire de Jérusalem*, productions brillantes et originales, annoncèrent dans leur illustre auteur un de ces puissans génies, faits pour imprimer le mouvement à leur siècle, et non pour le recevoir. Tous les ouvrages sortis de cette plume éloquente eurent une prodigieuse influence sur les esprits, et comme ces arbres vigoureux dont les semences peuplent au loin la terre, ils firent naître un grand nombre de jeunes poëtes, qui en reproduisirent les idées principales sous différentes formes. [28]

Si la littérature, à la fin des troubles civils, eût trouvé l'appui d'un gouvernement pacifique et libre, il n'en faut pas douter, cette fermentation générale qui avait mis en circulation tant d'idées nouvelles, ce vaste ébranlement si favorable à l'activité de l'intelligence, eussent amené un grand développement des lettres durant cet intervalle de quatorze années, qui vit planer sur l'Europe le génie de la conquête. De quelle gloire éclatante et durable ne se fût pas couvert l'homme qui gouvernait la France, si, au lieu d'épouvanter le monde, il eût secondé de toute la force de sa volonté les progrès de l'esprit humain : cette noble mission, que l'usurpation ne sut point comprendre, fut réalisée et accomplie par la légitimité. Il appartenait à la restauration, qui s'appuyait sur tout ce qui était grand et juste, de rendre à la littérature sa puissance et sa liberté. La paix universelle, en faisant taire le fracas des armes, éveilla le génie des lettres et des arts. L'activité française, qui avait long-temps trouvé un aliment dans de brillantes conquêtes, désabusée de ses illusions, vit s'ouvrir devant elle une carrière nouvelle qui avait aussi ses palmes et ses triomphes. Toutes les circonstances étaient favorables au progrès de la littérature : dans le passé se montraient des événemens inouïs et presque merveilleux, une sanglante révolution terminée par le génie d'un seul homme ; des expéditions lointaines, et des batailles où s'étaient entrechoqués des peuples entiers ; la France élevant sa tête radieuse entre des nations, et étendant la terreur de ses armes du pied des pyramides, aux ruines du Kremlin : dans le présent,

la liberté renaissant avec la paix , et appelant ce
génie de l'éloquence ; les barrières qui séparaient
les peuples , brisées ; les diverses nations de l'Europe se communiquant leurs lumières et leurs
idées ; un trône de quatorze siècles miraculeuse-
ment rétabli, et sur ce trône, un monarque ajoutant à l'éclat de la naissance la supériorité des lumières et la consécration du malheur. Toutes ces
circonstances rendirent aux lettres la dignité
qu'elles avaient perdue. L'éloquence politique se
réveille la première , et se montre brillante par
ce qu'elle donne , plus brillante peut-être par ce
qu'elle fait espérer. La voix des publicistes [79] ré-
pond à celle des orateurs. Le génie de l'histoire
paraît rallumer son flambeau presque éteint aux
feux de la liberté renaissante. La philosophie ,
riche de profondes méditations et de fortes études , s'enrichit de vérités nouvelles , et la poésie
retrouve sa chaleur et l'enthousiasme qu'elle
semblait avoir perdus.

Ce progrès et ce rajeunissement de la littérature annoncent que la France touche enfin à une
nouvelle phase de civilisation, où l'a insensible-
ment amenée la diffusion non interrompue des
lumières. Les nations ont, comme les individus ,
leur croissance et leur développement successifs,

et chaque âge amène un changement dans leurs idées et leurs besoins ; les agitations du XVIe siècle, si fidèlement exprimées dans sa littérature, sont en France les premiers symptômes de ce renouvellement politique et moral qui s'opère de nos jours. La grandeur de Louis XIV distrait la nation du besoin de changement, mais sans le détruire ; à travers la pompe et la régularité des productions littéraires, on aperçoit dans quelques ouvrages une teinte d'indépendance et d'opposition. Ce sentiment, devenu plus vif, plus universel dans le XVIIIe siècle, perce de toutes parts dans les écrits les plus importans de l'époque. Mais ce n'était pas encore le temps de la liberté constitutionnelle ; il y avait, dans cette société dépravée, trop d'abus et de passions viles, pour la comprendre et la pratiquer. Il fallait que la France se débarrassât des germes de corruption qu'elle renfermait, et qu'une génération s'élevât, instruite par le malheur, sage, éclairée, sérieuse, digne enfin de commencer une ère de sagesse et de dignité. La liberté, paraissant après des jours de servitude comme une lumière soudaine, fit apercevoir les choses sous un aspect nouveau. Les esprits, pliés violemment par le despotisme, reprirent en un instant leur direction première, et se portèrent vers les affaires publiques avec d'autant plus de force que les droits du peuple se trouvaient consacrés dans la charte octroyée par le monarque. L'opposition des intérêts causée par le brusque changement du gouvernement, et les souvenirs toujours présens de la révolution, durent animer l'éloquence représentative à peine renaissante. Dans les premiers débats de la tribune française, quelques orateurs parurent vouloir entraîner l'état dans la carrière des innovations, tandis que d'autres s'efforçaient de le faire reculer vers l'ancienne monarchie. Mais entre ces deux partis s'élevèrent quelques hommes graves, qui, seuls immobiles au milieu du mouvement des factions et des oscillations du pouvoir, fixaient d'avance la limite certaine où le gouvernement viendrait s'arrêter.

Le besoin de théories et d'autorités pour la tribune dut amener un grand développement des sciences politiques et historiques. L'*Esprit des lois*, à peine compris dans le siècle dernier, devint en quelque sorte le livre classique de la monarchie représentative. Jamais on ne mit plus d'intérêt à rechercher les titres des nations, à pénétrer les principes et les ressorts des gouvernemens, à étudier le rapport des lois et des mœurs.

Cette science, qui n'était autrefois qu'une simple spéculation réservée à quelques écrivains supérieurs, est devenue de nos jours une science pratique, accessible au grand nombre. La tribune, les journaux et les livres, se sont emparés tour à tour des plus hautes questions de la politique, et y ont jeté une vive lumière.

Secondé par la même influence, le genre historique, dégagé de l'esprit de parti et des préventions nationales, a pris plus de vigueur et d'indépendance. L'histoire, dans une monarchie absolue, n'offre un intérêt direct et puissant qu'à un petit nombre de familles illustres dont les noms y sont consacrés. Un peuple, admis au partage du gouvernement, ne peut rester indifférent aux destinées de ses ancêtres; il se plaît à rechercher ses titres dans les monumens des anciens âges, à saisir dans le passé les premières traces de l'esprit public, et à en suivre le développement tardif, mais inévitable. Il aime à retrouver sa propre histoire dans celle des autres nations, et à puiser dans leur expérience des leçons pour lui-même. Voilà sans doute les principales causes de cette vie nouvelle, que l'histoire a prise depuis la restauration dans les ouvrages de MM. de Ségur, de Barante, et Thierry.

La philosophie, qui a tant de rapport avec la politique et l'histoire, ne pouvait demeurer étrangère à leurs progrès. Riche de l'héritage du XVIIIe siècle, elle devait, sans autre cause que la marche naturelle de l'esprit humain, jeter de nos jours un vif éclat. La révolution qui s'est opérée dans la société est venue lui donner une impulsion puissante et salutaire. S'il est vrai que les idées, les croyances, les mœurs d'une époque, déterminent le caractère de sa philosophie, celle du XIXe siècle devait être grave et élevée. L'école matérialiste de Cabanis et de Volney a disparu avec l'empire, et sur ses débris s'est élevée une école spiritualiste, aujourd'hui florissante et agrandie. Éclairée, indépendante et consciencieuse, réconciliée avec la religion par la tolérance, avec le gouvernement par la liberté, assez élevée pour comprendre ce que les systèmes divers ont présenté de louable, elle semble se composer une doctrine de ce qu'il y eut partout, et à toutes les époques, de grand et de vrai dans les mouvemens du cœur et les conceptions de la pensée.

Lorsque l'intelligence d'une nation s'est portée avec force vers un objet, lorsqu'un goût prononcé la domine, il y a dans tous les travaux lit-

téraires de l'époque un rapport marqué à la direction générale des esprits. Les écrivains, par-
ticipant au mouvement universel, s'exercent
spontanément sur des sujets qui occupent la pensée publique et qui se lient aux intérêts com-
muns. La politique, l'histoire et la philosophie,
ces trois grands objets des études de notre âge,
colorent toutes les productions contemporaines.
La liberté, en créant pour le peuple un intérêt
nouveau, a du aussi donner à la littérature une
nouvelle empreinte, qui domine dans les journaux et les brochures que chaque jour voit
éclore, et qui se retrouve jusque dans les chansons, les romans et les pièces de théâtre. Pour
plaire dans le siècle dernier, il suffisait d'aven-
tures particulières, d'idées et de sentimens inspirés par la variété des situations sociales. Ce
qui intéresse dans le nôtre, ce sont ces grands
drames où figurent au moins dans le lointain
des nations entières. Le roman convenait à la
légèreté du siècle passé ; la gravité du nôtre ap-
pelle l'histoire. On veut la retrouver partout,
et jusque dans les genres les plus légers. Si les
ouvrages de Walter Scott ont obtenu en France
un si brillant succès, c'est surtout parce qu'ils
ont satisfait le goût dominant du siècle. Pour

répondre à ce besoin de réalités qui tourmente les esprits, le drame s'est enrichi de scènes historiques; la tragédie s'est efforcée de donner à ses personnages plus de naturel et de vérité, et la comédie a emprunté quelque sujet à nos annales.

Un troisième caractère qui se montre dans la littérature contemporaine, c'est la philosophie; non une philosophie guindée et sentencieuse, comme on la trouve dans quelques ouvrages du XVIIIe siècle, mais simple et profonde, et consistant surtout dans une peinture plus vraie de l'homme moral. Les esquisses légères de la vie sociale, et la délicate peinture des nuances fugitives du sentiment, peuvent suffire à une nation frivole et doucement bercée dans de paisibles habitudes; mais une société profondément remuée comme la nôtre, où les âmes ont été si fortement émues au spectacle de tant de malheurs et de tant de crimes, veut voir en jeu les ressorts les plus intimes et les plus puissans du cœur. Tout ce qui agrandit l'homme, tout ce qui révèle en lui l'usage de la liberté, tout ce qui rappelle ses nobles et mystérieuses destinées, doit intéresser les esprits devenus plus sérieux et plus graves. Cette disposition a rendu naturellement à la religion son influence sur la littérature ; aussi, jamais peut-être le sentiment religieux ne s'empreignit plus vivement que de nos jours dans les productions de l'intelligence.

La littérature, en changeant d'objet, a dû subir aussi quelques changemens dans ses formes : tant qu'elle ne fut qu'un jeu de l'esprit et un amusement de société, elle put se contenter de ce langage traditionnel dont le premier mérite est l'élégance ; mais, du jour où elle s'associa au gouvernement et s'adressa à la masse entière de la nation, elle dut nécessairement se revêtir de formes plus hardies et plus populaires.

La poésie en particulier s'est retrempée dans des sources nouvelles. Soumise, comme la société entière, à l'influence de la liberté, elle a brisé le joug de l'imitation qu'elle subissait depuis Ronsard, et s'est dégagée des règles étroites qui la gênaient, pour prendre une allure libre et originale. Élevée à une mission plus haute que celle du XVIII siècle, chargée comme l'éloquence de satisfaire aux besoins de la société et de servir d'organe aux sentimens nationaux, elle s'est montrée animée d'une inspiration véritable. Les formules de convention et tout l'attirail mythologique ont disparu pour faire place à des tournures franches et soudaines, vive expression du sentiment et de la pensée.

Dans cette révolution poétique, quelques genres semblent, par leurs rapports avec l'état de la société, convenir plus particulièrement au xix° siècle. Le genre dramatique, outre qu'il offre un aliment aux esprits avides d'émotions fortes, satisfait encore à ce besoin de penser et de sentir en commun, qui est un des caractères distinctifs de notre époque. Sans doute les chefs-d'œuvre tragiques des deux derniers siècles ne seront point surpassés de nos jours, sans doute Corneille et Racine demeureront toujours les rois de la scène; mais si l'art ne peut gagner en hauteur et en perfection, il peut du moins s'étendre en se frayant des routes nouvelles; il peut sacrifier une partie de sa pompe et de sa régularité, pour prendre plus de vérité et de vie; il peut enfin, sans sortir des convenances de notre théâtre, se rapprocher de la vigueur et de la variété de *Shakespear*. Des essais récens dans ce genre font concevoir de légitimes espérances.

Non moins secondée par l'esprit public, la poésie lyrique a fleuri spontanément en France depuis la restauration : de grands spectacles, de fortes émotions, et la liberté après la gloire, ont dû faire naître dans les âmes cette chaleur, cette élévation, cet enthousiasme, qui distinguent la muse pindarique. L'orgueil national, l'indépendance, la vague rêverie, la mélancolie religieuse, tous les sentimens de notre siècle, ont agrandi le domaine de la lyre française. Nos deux poëtes les plus distingués dans ce genre ont dû leurs succès, comme leurs inspirations, aux sentimens dominans de l'époque; l'un, brillant et pur, chante la gloire et la liberté; on sent qu'en touchant la lyre, il a les yeux fixés sur la France; l'autre, grave, religieux, mélancolique, exprime les mouvemens les plus intimes de l'âme, l'amour, le regret et les vagues désirs : l'homme est le sujet de ses chants, et ses poésies sont des méditations.

Malgré ces traits originaux qui la distinguent, notre poésie n'a pas dédaigné de s'enrichir en puisant aux sources étrangères. On a surtout imité de nos jours les littératures anglaise et allemande, dont la liberté et la hardiesse répondent plus spécialement à nos besoins : paisible conquête, conforme encore à cet esprit du siècle qui tend à rapprocher et à réunir les nations par une mutuelle communication de lumières.

Riche de son propre fonds non moins que de ses emprunts, la littérature française semble destinée à prendre à l'avenir un développement nouveau. Que l'on compare le temps où nous vivons avec les premières années du XVIIIe siècle, on verra que nous n'avons rien à envier à cette époque. Alors, après une longue période de gloire, les lettres, obligées de se renfermer dans le même cercle qu'elles avaient parcouru, et de s'exercer dans la plupart des genres sur les mêmes idées, se trouvaient, par la force des choses, poussées à une décadence inévitable, que précipitait encore celle du gouvernement et des mœurs. Aujourd'hui la littérature, rajeunie dans ses formes en même temps qu'agrandie dans son objet, trouve dans la régénération sociale une mine féconde à exploiter. Les lumières qui se répandent avec tant de rapidité, les moyens d'instruction qui se multiplient dans une progression toujours croissante, semblent assurer aux lettres les plus brillantes destinées.

Sans doute, le tableau que je viens de tracer n'est pas sans ombre. On peut y opposer les écarts de nos jeunes poëtes, l'affectation et le néologisme qui déparent quelquefois leurs plus belles productions; mais le grand siècle lui-même n'atteignit pas dès sa naissance à cette pureté de goût qui le distingua. A défaut d'un critique sévère comme Boileau, qui flétrisse le mauvais goût et sache concilier dans ses principes littéraires les exigences de la raison et la liberté du génie, reposons-nous sur la conscience publique des soins de faire justice de ces beautés trompeuses qui, brillantes comme la mode, passent aussi vite qu'elle. J'avancerais même, si je ne craignais de terminer par un paradoxe, que, dans l'ordre actuel des choses, le triomphe du mauvais goût ne peut être de longue durée en France. Les études sérieuses devenues indispensables au citoyen, la nécessité de recourir aux sources antiques pour se former aux débats de la tribune, la mâle simplicité de cette éloquence parlementaire, exerceront sur les autres genres une heureuse influence. La gravité des moeurs constitutionnelles repoussera, dans la littérature comme dans la politique, tout ce qui sera faux et affecté, et l'existence de la tribune publique, si favorable à la liberté, le sera aussi au maintien du bon goût et à l'éclat des lettres françaises.

FIN.

NOTES.

1 *Plus hardi que dans le siècle précédent.*

Voyez l'*Encyclopédie*, l'*Essai sur les mœurs*, l'*Esprit des Lois*, le *Discours sur l'origine de l'inégalité parmi les hommes*, le *Contrat social*, etc.

2 *Étaient loin de songer aux funestes conséquences.*

Voltaire, dans sa correspondance, semble quelquefois prévoir la révolution, Rousseau en dit aussi quelque chose dans l'*Émile*; mais ils n'ont pu calculer d'avance des excès qui, par leur nature même, étaient incalculables.

3 *Dans les académies*, etc.

Voyez les sujets de prix proposés par les académies de Dijon, de Metz, etc., et les remontrances des parlemens.

4 *Jusque sur les marches du trône*, etc.

Malhesérbes corrigeait les épreuves de l'*Émile*.

5 *Des ministres même ne dédaignaient pas*, etc.

Voyez les mémoires de M. de Calonne, ceux de Turgot et de Necker.

6 *Régénérer les institutions vieillies.*

Le 5 mai 1789, Necker fit entendre ces paroles dans la séance d'ouverture des états-généraux : « Ce n'est pas au moment présent, ce n'est pas à *une régénération passagère*, que vous devez borner vos pensées et votre ambition ; il faut qu'un ordre constant, durable et à jamais utile, devienne le résultat de vos recherches et de vos travaux. »

7 *Que les intérêts de ses passions*, etc.

Doué d'un esprit vigoureux et d'une âme ferme, instruit par le malheur, par les fautes même d'une jeunesse orageuse, ayant vu cinquante-quatre lettres de cachet dans sa famille, et dix-sept pour lui seul, selon la déclaration qu'il ne manqua pas d'en faire à la tribune, Mirabeau, soit à la Bastille, soit à Vincennes, soit dans les autres prisons d'état, où, comme il le dit encore, il n'avait pas élu domicile, mais où, pourtant, s'était consumé le tiers de sa vie, avait eu le temps de mûrir sa haine contre le despotisme, et d'étudier à loisir les principes de la liberté toujours plus chérie quand elle est absente.

M. J. Guizot, Tableau de la littérature.

Les passions l'enveloppaient de toutes parts comme les serpens de Laocoon, et l'on voyait sa force dans sa lutte sans pouvoir espérer son triomphe.

Madame de Staël.

8 *De nos plus illustres écrivains.*

MM. de Bonald, Fiévée, Bertin de Vaux, Benjamin Constant, Salvandy, Kératry, Châteaubriand, etc.

9 *Un écrit modeste*, etc.
Vœux d'un solitaire.

10 *La science des Lois*, etc.
Théorie des lois pénales, ouvrage publié en 1790.

11 *Et un secours utile*, etc.

En 1790, Mirabeau, assistant au spectacle avec les autres députés de la Provence, se leva et demanda à haute voix la représentation de la tragédie de *Charles IX*, qui fut jouée, quoique elle n'eût pas été annoncée dans l'affiche.

12 *Remplies de violentes déclamations.*

Le Paysan magistrat, les *Dangers de l'opinion*, le *Couvent*, le *Champ de Mars*, pièce héroï-nationale, *la Liberté conquise*, les *Victimes cloîtrées*, *la Bastille*, etc. etc., voilà quels étaient les principaux drames joués à cette époque.

13 *Réalisées par une action dramatique*, etc.

Voyez les *Châteaux en Espagne*, l'*Optimiste*, l'*Inconstant* de Colin d'Harleville, le *Philinte* et le *Présomptueux* de Fabre d'Églantine.

14 *Se déchaînèrent avec fureur*, etc.

La déportation des prêtres insermentés, les troubles et les massacres d'Avignon, les journées du 20 juin et du 10 août, les massacres des prisons, la suspension du roi et son emprisonnement, ont eu lieu sous l'assemblée législative.

15 *Des sentimens démocratiques*, etc.

Brutus, *Lucrèce*, la *Mort de César*, *Guillaume-Tell*, *Caïus Gracchus*, le *Despotisme renversé*, telles étaient alors les pièces à l'ordre du jour. *Othello* fut représenté pour la 1.re fois le 26 novembre 1792.

16 *Et fait du plus grossier cynisme*, etc.

Il suffit de rappeler qu'on se parait alors du titre de *sans-culotte*. Ce trait peint l'époque.

17 *Pourquoi ce parti de la montagne*, etc.

Les lumières pouvaient tôt ou tard rendre à la pensée son indépendance ; les oppresseurs de la France commencèrent à les attaquer, en décrétant la peine de mort pour quiconque écrirait contre les maximes du gouvernement. Un membre demanda et obtint la dissolution des sociétés littéraires et de toutes les académies.

18 *Le chef de cette faction*, etc.

Robespierre disait dans la séance de la convention du 18 floréal an 2 : « Les hommes de lettres en général se sont déshonorés dans cette révolution ; et, à la honte éternelle de l'esprit, la raison du peuple en a fait tous les frais. »

19 *L'un est exagéré jusqu'à l'emphase*, etc.

Danton, dans la séance de la convention du 4 avril 1793, prononça ces paroles singulières : « Je suis retranché dans la citadelle de la raison ; j'en sortirai avec le canon de la vérité, et je pulveriserai les scélérats qui ont voulu m'accuser. »

20 *La morale et la vertu*, etc.

Marat avait coutume de rappeler l'assemblée *à la pudeur*, et Robespierre avait sans cesse à la bouche les mots de *vertu*, de *justice* et de *sagesse*. On aurait pu dire, comme Caton, au milieu de ce bouleversement général : *Vera rerum vocabula amisimus*. Voici comme Collot d'Herbois entendait l'humanité : « On parle de sensibilité ; et nous aussi nous sommes sensibles. Les jacobins ont toutes les vertus : ils sont compatissans, humains, généreux ; mais tous ces sentimens, ils les réservent pour les patriotes qui sont leurs frères, et les aristocrates ne le furent jamais. » Quel horrible abus de langage !

Dans la séance du 18 floréal an 2, les dogmes de l'existence de Dieu et de l'immortalité de l'âme furent soutenus dans la convention : voici un passage remarquable, extrait d'un discours prononcé à cette occasion :

« Qui donc t'a donné la mission d'annoncer au peuple que la Divinité n'existe pas ? à toi qui te passionnes pour cette aride doctrine, et qui ne te passionnas jamais pour la patrie ? Quel avantage trouves-tu à persuader à l'homme qu'une force aveugle préside à ses destinées et frappe au hasard le crime et la vertu ? que son âme n'est qu'un souffle léger qui s'éteint aux portes du tombeau ?

» L'idée de son néant lui inspirera-t-elle des sentimens plus purs et plus élevés que celle de son immortalité ? lui inspirera-t-elle plus de respect pour ses semblables et pour lui-même, plus de dévoûment pour la patrie, plus d'audace à braver la tyrannie, plus de mépris pour la mort ou pour la volupté ? Vous qui regrettez un ami vertueux, vous aimez à penser que la plus belle partie de lui-même a échappé au trépas ! Vous qui pleurez sur le cercueil d'un fils ou d'une épouse, êtes-vous consolés par celui qui vous dit qu'il ne reste plus d'eux qu'une vile poussière ? Malheureux qui expirez sous les coups de l'assassin, votre dernier soupir est un appel à la justice éternelle. *L'innocence sur l'échafaud fait pâlir le tyran sur son char de triomphe.* Aurait-elle cet ascendant, si le tombeau égalait l'oppresseur et l'opprimé ? Malheureux sophiste ! de quel droit viens-tu arracher à l'innocence le sceptre de la raison pour le remettre dans les mains du crime, jeter un voile funèbre sur la nature, désespérer le malheur, réjouir le crime, attrister la vertu, dégrader l'humanité ? Plus un homme est doué de sensibilité et de génie, plus il s'attache aux idées qui agrandissent son être et qui élèvent son cœur, et la doctrine des hommes de cette trempe devient celle de l'univers. Et comment ces idées ne seraient-elles pas des vérités ? Je ne conçois pas du moins comment la nature aurait pu suggérer à l'homme des fictions plus utiles que toutes les réalités : si l'existence de Dieu, si l'immortalité de l'âme n'étaient que des songes, elles seraient encore la plus belle de toutes les conceptions de l'esprit humain...... »

Et ces paroles sont de Robespierre !

$$= 59 =$$

²¹ *D'utiles auxiliaires*, etc.

En présence des supplices, on publiait le *Nouveau Voyage senti-
mental*, *l'Amitié dangereuse*, *Ursule et Sophie*, etc., etc.

²² *Et le dogme de l'immortalité*, etc.

Le Dithyrambe de Delille sur l'immortalité de l'âme fut composé pendant la terreur, mais ne put être publié que plus tard.

²³ *Les chefs-d'œuvre de la scène*, etc.

Il était défendu de jouer *le Cid*, *Mérope*, *Athalie*, etc., parce que
ces pièces renfermaient un rôle de roi.

²⁴ *Les droits méconnus de la justice*, etc.

La première représentation de *l'Ami des lois* eut lieu le 3 janvier 1793.
Les annales du théâtre offrent peu d'exemples d'un succès aussi brillant
que celui qu'obtint cette comédie. On reconnut Robespierre dans le rôle
de *Nomophage*, et Marat, dans celui de *Duricrane*. Certes, il ne fallait
pas peu de courage pour oser publier à cette époque des vers tels que
ceux-ci :

> Ce sont tous ces jongleurs, patriotes de places,
> D'un faste de civisme entourant leurs grimaces,
> Prêcheurs d'égalité pétris d'ambition;
> Ces faux adorateurs, dont la dévotion
> N'est qu'un dehors plâtré, n'est qu'une hypocrisie;
> Ces bons et francs croyans dont l'âme apostasie,
> Qui, pour faire haïr le plus beau don des cieux,
> Nous font la liberté sanguinaire comme eux.
> Mais non; la liberté chez eux méconnaissable
> A fondé dans nos cœurs son trône impérissable,
> Que tous ces charlatans, populaires larrons,
> Et de patriotisme insolens fanfarons,
> Purgeons de leur aspect cette terre affranchie!
> Guerre, guerre éternelle aux fauteurs d'anarchie!

²⁵ *De sanglantes parades*, etc.

C'est alors que parurent *Robert, chef de brigands*, *les Contre-révo-
lutionnaires jugés par eux-mêmes*, *les Catilinas modernes*, pièce
dirigée contre les Girondins, le *Jugement dernier des rois*, etc.

²⁶ *Un essor plus hardi*, etc.

Madame de Staël fut exilée pour ses ouvrages, et M. de Châteaubriand
ne put obtenir l'autorisation de publier son *Essai sur les révolutions*.

[27] *De la traduction et de l'imitation*, etc.

On publia, sous l'empire, des traductions en vers de Virgile, de Catulle, de Tibulle, d'Horace, de Juvénal, d'Homère, d'Ossian, du Tasse, etc. La même époque vit paraître les poëmes de la *Navigation*, du *Génie de l'homme*, de l'*Astronomie*, de l'*Imagination*, des *Trois Règnes*, des *Géorgiques françaises*, etc., productions qui appartiennent autant au genre descriptif qu'au genre didactique.

[28] *Qui en reproduisirent les idées principales*, etc.

MM. Soumet, de Lamartine, Victor Hugo, et en général les premiers poëtes de l'école romantique, paraissent avoir puisé leurs premières inspirations dans les ouvrages de M. de Châteaubriand.

[29] *La voix des publicistes*, etc.

Nous retrouvons encore ici l'auteur du *Génie du Christianisme*, ajoutant de nouveaux fleurons à sa couronne. Les ouvrages intitulés : *De Buonaparte et des Bourbons*, et *La Monarchie selon la Charte*, ont agrandi la réputation déjà si étendue de M. de Châteaubriand. Louis XVIII disait, en parlant du premier de ces ouvrages, qu'il l'avait servi autant qu'une armée. M. de Lamartine a exprimé une idée semblable dans son chant du sacre :

> Et pour briser naguère une force usurpée,
> La plume entre ses mains nous valut une épée !

www.ingramcontent.com/pod-product-compliance
Ingram Content Group UK Ltd.
Pitfield, Milton Keynes, MK11 3LW, UK
UKHW022120170726
13837UKWH00003B/1268